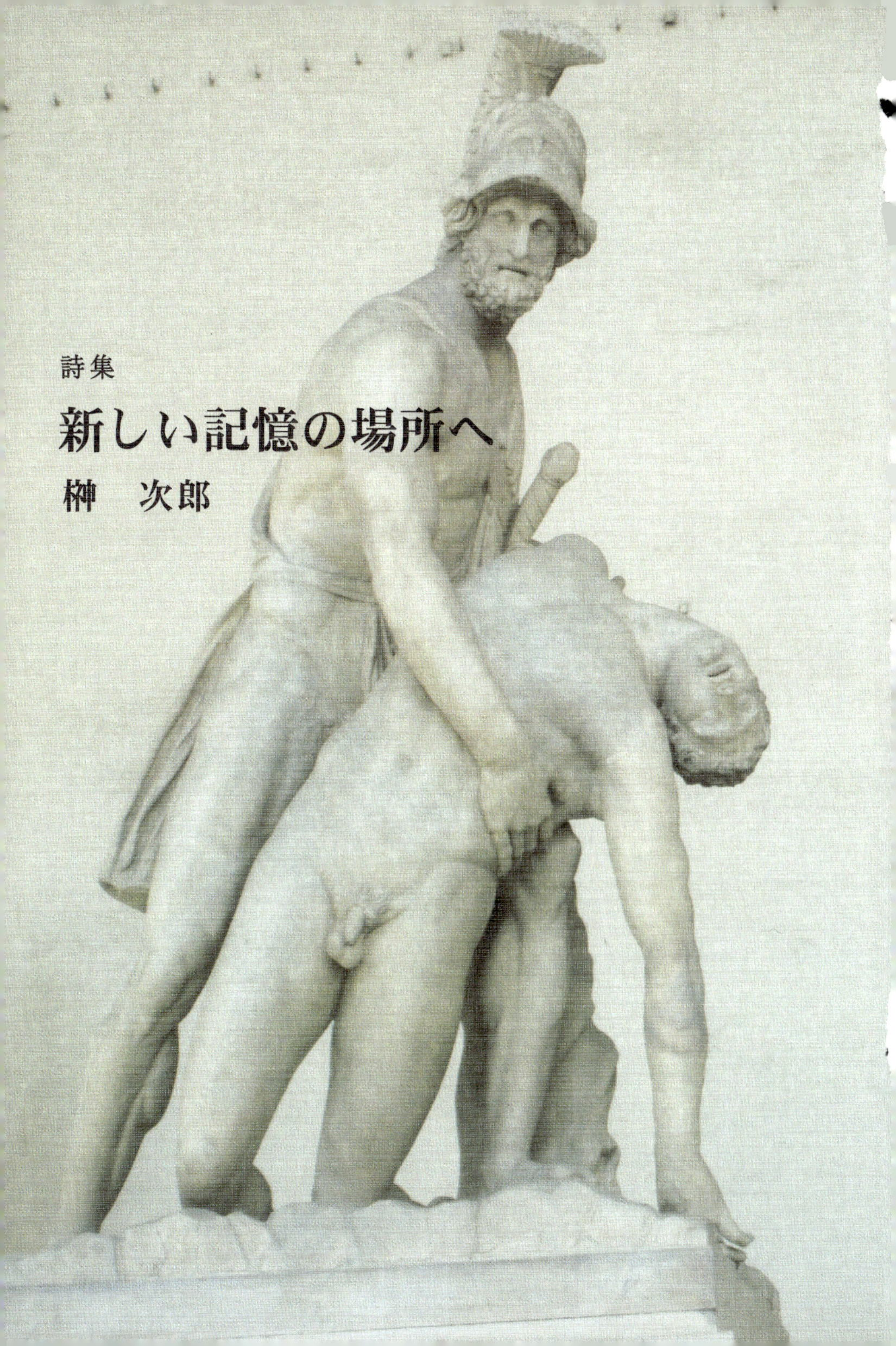

詩集

新しい記憶の場所へ

榊　次郎

青春時代を共にして、私より早く逝ってしまった
河野里子　水口洋治　森口美佐子の墓前に捧げる。

詩集　新しい記憶の場所へ　＊　目次

Ⅲ

Ⅳ

V

＊表紙写真／チュニジア・エルジェム競技場にて
＊扉写真／フィレンツェ・シニョーリア広場にて
撮影・著者

新しい記憶の場所へ

Ⅰ

愛《いと》おしい球形

自転軸の角度に傾きながら
太陽の眼差しを浴び
真っ赤に輝いている

地球をりんごにたとえると
地殻はりんごの皮より薄く
たった８㎞しかない所もあるという

落ちていくりんごを見て
両手を空に突き上げたあのひとより
僕は知っている

このりんごより
途方もない時間を駆けて熟した
愛おしい水の惑星の出来事を

探しもの

たったひと文字の接続を探しあぐねている
「が」にするか
「を」でいいのか
「は」であるべきか
たったひと文字の接続が
それまで書き連ねてきた
言葉の前に立ちはだかり　行く手を阻む
躊躇の狭間で過ちを繰り返してきた
私の生きざまさながらに
そそり立つ壁の前で

行き場を失くした言葉たちは
つんのめる形で
凍りついたままだ

詩作あるいは絵画的風景

厄介なものに魅入られた男の独白

白い紙の上に
言葉という線を引く
やがてそれらは
どんどん寄り重なり
人物なり　風景なりが
立ち上がってくる

暫くすると
言葉たちは色を付けてくれと言う
それが女の後ろ姿だったりすると

もっと色っぽく書いてヨ　と言う
それが風景だったりすると
もっと奥行きのある深淵な形にせよ　と叫ぶ
そこで絵画的詩人
言葉の色を塗り重ねたり
思いきって消してみたり
縦から斜めから
舐めるように近づいたり
遠くから眺めたり
大胆に切り口という名の
構図を変えてみたり
時には空転する思惟に取り憑かれ
無為な時間だけが過ぎていく
かといってそのままにしておくと
　どうしてくれるんだ

どう落とし前をつけるんだ　と
言葉たちは矢の催促をする

厄介なものに手を付けてしまった絵画的詩人
いつも後悔の念に苛まれ
それでも魅入られた者の定め
静まりかえった真夜中
散乱した名画のジグソーパズルのような
言葉の断片と向き合っている

オマージュ　逝きて帰らぬ詩人へ

駅を降り立つと瀟洒な家並みの静かな町
大阪の南端　東住吉区南田辺
ここに少女のような
丸い瞳が輝く詩人がいた
医院であり自宅であり
詩人たちが集まる部屋があった

ポエトリーセンター
そこにはいつも柔らかな陽が差し込み
貧しい私にはオアシスだった

真綿に包まれるような空間であり
詩のことよりここに住む詩人に逢うことで
なにより喜びを噛みしめていた
初めて逢った時
知的で成熟した大人の女を
その詩人の中に見てしまった

詩を書き始めた駆け出しの私を
阿倍野の小野さん宅へ連れて行ってくれましたね
あのときはただ
短歌的抒情の否定論を聞いているだけでした

いつだったか
嫁を迎えた私に
〈新生活のお祝いに〉と

その詩人から全詩集が届いた

あれから
あれから私は詩《こころざし》を置き去りにして
何十年経ったのだろう
人伝えに詩人は旅立たれたと聞いた
あんなにもお世話になったのに
貴方の命日さえ知らなかった
向日葵のような明るい頬で
母のような温もりのあった人よ
記憶の中の貴方は今も女ざかりのままだ

ああ　フクナカさん
少し大人の詩が書けるようになった私を
もう一度見てほしかった

貴方が逝かれてから
ひとつの時代の風が
通り過ぎていってしまった

貴方が成し遂げた大阪での数々の業績
いまだ正確に表していない
怠慢を許して下さい
「二月二十日」を書いた詩人のように
貴方の軌跡を語れないが
いつかは書かねばならない

ああ　ともこさん
私の前で微笑み浮かべ立っている
「淡海幻想」のページから
逢わなかった日を埋めるように

貴方の紡ぎ出したことばたちは
湖面から沸き立つ朝霧となり
あわあわと立ち昇ってくる

ありがとう　福中都生子さん
私の書棚の中
貴方の分身たちは「多頭の蛇」の横で
今も凜と整列している

＊「二月二十日」壺井繁治作品
＊『淡海幻想』福中都生子第八詩集
＊『多頭の蛇』小野十三郎詩論集

里子へ　生き急いだ詩人へ

また猛暑の八月がやってきた
たった三十で人生を完結した人よ
今　君が逝ったあの夏の日を思い出している

冷戦の冬の時代
この国より熱いキューバの空の下
さとうきび畑で君は見たね
貧しい中でも懸命に生きている子どもたちの輝く瞳を
ゲバラを兄貴のように自慢する若者たちを
そして誇らしげに日焼けして帰ってきた君の笑顔

覚えているよ
朗読会の準備で君が画いたパステルカラーのポスター
あの日の記憶は今も鮮やかに甦ってくる

なあ里子　なぜ生き急いだ
ガラス細工のような繊細さを秘めた君を
解りえなかったのは僕らだったのか

君が逝ったあの日
ボイジャーが打ち上げられた時でもあったね
その時　遭遇しなかったかい
大気圏を突き抜けていくロケットに
あれから僕は君の倍以上　生きてしまったよ
君だったらきっとこう言うだろうねぇ

「人生を推し量るのは長さじゃないよ　密度だよ」って
確かに僕らの足取りは相変わらず鈍いことに
やきもきしていることだろうが
君の目指した方向にゆっくりだけど確実に進んでいる

君が居なくなって四十年
今でも朗読会は仲間たちに引き継がれ
里子よ
今夜も大阪の空の下から君のいる所まで届けとばかりに
熱い思いに包まれたことばたちは
風に吹かれて飛んでいる

黄泉の道ゆき　何故急ぐ　まだ語るべき　言の葉残し

挽歌・三月十一日へ

ひとつの生が終わったと
誰がわたしに告げるのか
沖で網を托し揚げる男たちは
まだ港へ帰り着いてはいない

ひとつの生が終わったと
誰がわたしに告げるのか
校庭で遊ぶこどもたちは
まだ親の胸元に辿り着いてはいない

ひとつの生が終わったと
誰がわたしに告げるのか
年寄りたちは坂のとば口で
佇んだままの姿で

ひとつの生が終わったと
誰がわたしに告げるのか
凍える水底から
震える鼓動が聞こえてくる

ひとつの生が終わったと
誰がわたしに告げるのか
瓦礫に埋もれた日常からは
明日への支度のざわめきが聞こえる

ああ
繰り返し死を生きる者たちに
辿りつくべき命の塔は
どこにあるのだろう

幾多の生が終わったと
誰が皆に告げるのか

薄れゆく記憶

廃虚になった町や村を
雪はしんしんと
何事もなかったかのように
白一色に覆い尽くしている

もう南の島では
早い春の訪れを告げる
花が咲き始めているというのに
嗚呼
季節と時の過ぎ行くままに

私の記憶も薄れていく

決して
忘れてはならない人たちを置き去りに
忘れることで
私は生きている
押し寄せる津波で
声にならない声に包まれた
あの日の私はどこへいったのだ

熱し易く冷めやすい体質を
この私も孕んでいるのだろうか
いいや　そうではないだろうと
打ち消す　もうひとりの私がいる

人の哀しみを
容易く忘れるような
人間ではなかったはずだと
そう　自分に言い聞かせながら
「3・11東日本大震災河北新報特別縦刷版一か月の記録」
いま再び　記憶を手繰り寄せている

春の使命

冬枯れの曇り空を見上げていると
内向きになった心の闇の深間に落ちていく

忘れ去ることのできないあの日
為す術もなく抗うこともできず
消えていった数えきれない日常
それをただ呆然と見続けるだけだった

二度と春を迎えることのない
死者と行方不明者の頭上に

あれから季節は凍てついたまま
冷たい風だけが吹き抜けていくだけだった

だから早くこい　春よ
生き延びた者たちに
まだ信じるに足りる明日があるのなら
輝く命の季節の中で
錆びついた知識の呪縛を解き放ち
何もしなくても　何も考えなくても
脆弱な精神は正気を取り戻すことができる
ただ生きていることだけで
楽しいと思えるような
朝を迎えられる

だから春よ　駆け足でやってこい

黄昏に包まれる頃
老いの身に忘れかけていた
狂おしいまでの情熱よ
暖かな陽射しを浴び
ゆるやかに降りてこい

密かに待ち続ける者たちに
生きることへの再起を呼び醒ます
あの日から二度目の春よ
何処よりも早く
みちのくの空にやってこい

Ⅱ

秋色に恋して

白い雨の降り続く北嵯峨野
光悦寺の苫屋のその先
霧に覆われ
鷹峯の山々は晩秋の深さに包まれていく

足元の石畳には
真っ赤な絨毯が敷き詰められ
静かな秋色に私は恋をしてしまった

それも今日の冬を告げる風と共に
過ぎ去ってしまうだろう
すでに季節は転身
次の舞台の準備を始めている

旅への誘《いざな》い

旅に出ませんか
できることなら小さな鞄ひとつ
行き先を隠したミステリー列車で
それもゆっくりとしたトロッコの足どりで
同じ時代を生きた世界中の男や女たちと
もう歳だから　などと言わずに
年齢なんてただの数字なんだから

旅に出よう
風雪に頬を晒し　芽吹く老木を探しながら

眼に染みる青葉に　若かったあの頃を重ね
色付いた枯れ葉に　過ぎ去った月日の記憶を辿る
いつしか車窓に映る風景が
一年で巡る絵巻となっている　そんな旅に

旅に出よう
できることなら
それぞれ持ち寄った酒の肴で
日本酒　ワイン　スコッチなど酌み交わしながら
酒を飲めない人には紅茶や搾りたてのジュースで

さあ　旅に出よう
未だに金をむしんする息子のことや
嫁にやりたくない　可愛い娘のことも
若くして死んだ友の果たせなかった夢や希望を

じっくり語り合おうじゃないか

旅は始まった
できることなら聞かせてほしい
希望だけで空腹を満たしてきた日のことを
挫折の暗闇からどう抜け出してきたのかも
そして　これからの生き方について

終着駅で迎える朝の目覚めが
まだある目標の発見であったと言える
そんな旅に出よう

風に誘われて

〈詩を朗読する詩人の会・風〉の仲間たちへ

つかの間の夢を見るため
マッチを擦ったのはわたし

一瞬にして消えてしまう灯火
そのか細い明かりを消えることなく
見守り続けたのは
真由美さん　貴女だ

今日も風は心地よく吹いている
その風に煽られ

やがて灯火は炎となり
広がっていくだろう

風を孕んだその炎は
歳月の重みに耐えて
漆黒の夜空を
赤々と照らすに違いない

恋ってなんですか

今でも恋することってあるかい
と妙齢の詩人がたずねた
ありますよ　今でも
エロスが少し薄まったような恋ですがね
それ以前に恋と言えるかどうか
よちよち歩きのこどもや年輪を重ねた樹に
風もないのに散っていく花びらに
自分に似た動物園の猿やナマケモノたちに
ひび割れた器のかけらに
夜空を覆い尽くす　あの遠い星たちに

そして私と出会った詩のことばたちに
数えあげればきりがないほど愛しい思いに包まれて
もちろん　麗しいオンナの人にも
恋を忘れてしまったその時は
詩人の看板を外しますから

唄ってよ　ナナ

エーゲ海の陽ざしを浴びた生温かな風が
アテネの町角を擦り抜けていく
この土地と何の所縁もない
私は行きずりの旅人

記念碑のある表通りの明るさとは裏腹に
薄暗く閉ざされた空き店舗
町は怒りの跡を印し
壁という壁はカラースプレーの落書き

見上げればそこはアクロポリスの丘
古代の栄光を忍ばせた遺跡だけの
疲れ果てた町　アテネ
若い頃　一心に読みふけった哲人たちの思惟
人間が人間として歩んでいく規範を示した
偉大なギリシア文明よ
あの叡智はどこへいったのだろう
変わらないのは紺碧の空と海の色

だから　ナナ
もういちど聴かせてくれないか
十五の国の言葉を熟す歌姫よ
寄せては還す　さざ波のようなその声で
慰めと癒しを届けてほしい

アマポーラ　オンリー・ラヴ
ナナ　あなたこそこの国の象徴

甘い歌声に誘われ
地図をなくした
私と同じような人たちに
あしたの行き先を教えてくれないか

歌ってよ　何処までも響くその碧い声で
絶望の淵で喘ぐ　世界の人々の眠りを呼び覚ます
再起の歌を

＊ナナ・ムスクーリ（クレタ島生まれの歌手）

飽食の中で

砂塵が吹き荒れるシリア黄土高原
渇いた風に煽られたテントから
虚ろな眼差しを向けている少年は
遠い日のわたしに違いない

あの少年と同じように　わたしも飢えていた
給食場で働いていた叔母が
大量に捨てられるパンのヘタを持ち帰ってきては
濁った天ぷら油でカリカリに揚げた
それが唯一のおやつ

けれども決して粗末なものだったと
一度も思ったことはなかった

叔母が亡くなり
パンのヘタを見るたびに
空腹を抱えていた夕暮れを思い出す

あれから六十年の歳月が過ぎ
飽食の時代の中でわたしは肥え太ってきた
コンビニやスーパーの棚には
覚えきれない品数の食い物がひしめき
詰め込まれた冷蔵庫の中では
食べられることのない白菜やリンゴが朽ち果てていく
何処かで誰かが丹精込めて作ったものと知りながら
顧みられなかった食材

ただ賞味期限という執行で
作り育てた者の願いも一緒に捨てている

だから自分だけが満たされた腹からは
ろくな詩は生まれないのだ
空きっ腹で心が萎えて崖っぷちに立たされたとき
そこから競り上がってきた言葉こそ
偽りのない叫びとなるはずだと

「飢えたこどもの前で詩は何になるのか」
遠い昔から言われ続けたこの言葉
今もわたしの喉元で
鯛の骨のように突き刺さっている

所有の在処

ある島の午後の出来事

目的地も決めないまま
重い足取りで街頭を歩いているうらぶれた男
ふと目線を足元に落とすと五〇〇円玉が落ちていた
しめしめ　とんだ拾い物だと手を指し出した
すると横合いにいた髭面の男
「ちょっと待った
お前より俺の方が先に見つけたんだ
それは俺のもんだ」
と怒鳴り始めた
「なに言ってやがる　最初に手にした俺のもんだ」

とうらぶれた男がやり返す

そこへ三人目の若い男がやって来た
「すみません
実は僕の穴の空いたポケットから落ちたんです」
と言いだした
「シロクロ付かないんなら交番でも行こうぜ」
「馬鹿野郎　おまわりの所なんぞへ行くもんか
俺たち三人でカタをつけようぜ」と腕まくり
ああだ　こうだと互いに引き下がらない三人の男たち
いつの間にかこの三人を取り囲む人垣
さてどうしたものかと
訝しい視線を投げかけるだけだった

やがてこの人垣を分けて進み出た老人が言った

「まあまあ　こんなことで怪我でもしちゃぁつまらん
今になっちゃ　誰のモンだか判りゃしない
どうだろう　割り切れないだろうが
ここはひとつ　お前さんたち三人で分け合ったらどうかね」
「なるほどそれがいい　そうすべきだ」と
取り巻いていた連中全員　頷くのだった

遥かな旅人へ

行きつけないところに　地平があるのではない
おまえの立っている　その地点が地平だ
金時鐘

おまえが旅立って　もう三十五年経ってしまった
毎日欠かさず便りを送ってきながら
気楽な独り旅を楽しんでいやがる

それに比べ　どうだ
行き先の見えない
ちっぽけなこの国に住んでいる俺たち

街は生きがいをなくし
膝を抱え込んだ若者で溢れ
企業戦士だった男たちは
既に足取りの覚束ない老人と成り果てた

毎日が喪中のように
シャッターを下ろした商店街
地方の港や田畑から
賑わいが途絶えて久しいこの国
おまけに予告もなくやって来た海からの訪問者
破壊された町並みは何処までも続き
核を飼いならすこともできない者たちは
見えない恐怖を撒き散らし
こどもたちの姿は公園から消えた

どうしてくれるんだ　と叫んでも
誰からも確かな答えが帰ってこないこの国
ならば何処かへ移住するか
と言って　行く宛のない我が終末期

それに比べ　おまえはいいよなぁ
チマチマしたことに患うこともなく
すでに百七〇億キロの彼方を越え
旅をしていやがる
毎秒十七キロのスピードで
俺たちの前からどんどん遠ざかっていく

おまえが旅立ってから　たった三十五年
俺たちが住むこの地球は
途方もない時間を駆けて

生命《いきもの》の宿る星になったというのに
相変わらず同じ過ちを繰り返し
醜い争いで、殺し合いが続いている

もうこの星では
進化は止まってしまったのだ

オオイ　旅人よ
この星より住み心地のいい所はないか
あったら知らせてくれ
せめてそれを慰めに眠ることができるんだが

それでも目が覚めれば
哀しく耐えられない苦しみも
歳月だけが洗い流すことを信じて

この星から何処も行けない俺たちは
散乱したままのミクロの明日へ
出かけるしかないのだ
おまえが旅立ったこの星も
今頃、霞んだゴマ粒程度に見えるはず
いや　もう形も定かに見えない所だろう

いつかどこかで
おまえの体内に仕込まれた
地球という小さな星の
記憶のディスクを開く者と出会えることを信じて
航海者《ボイジャー》よ
誰もがまだ見たこともない
太陽系のその果てに何があるのか
限りない期待を背負ったおまえ

いつまでも便りを送れ

二度と帰ることのない
孤独な永遠の旅人よ
マクロの遥か彼方へ
燃え尽きるまで
旅を続けろ

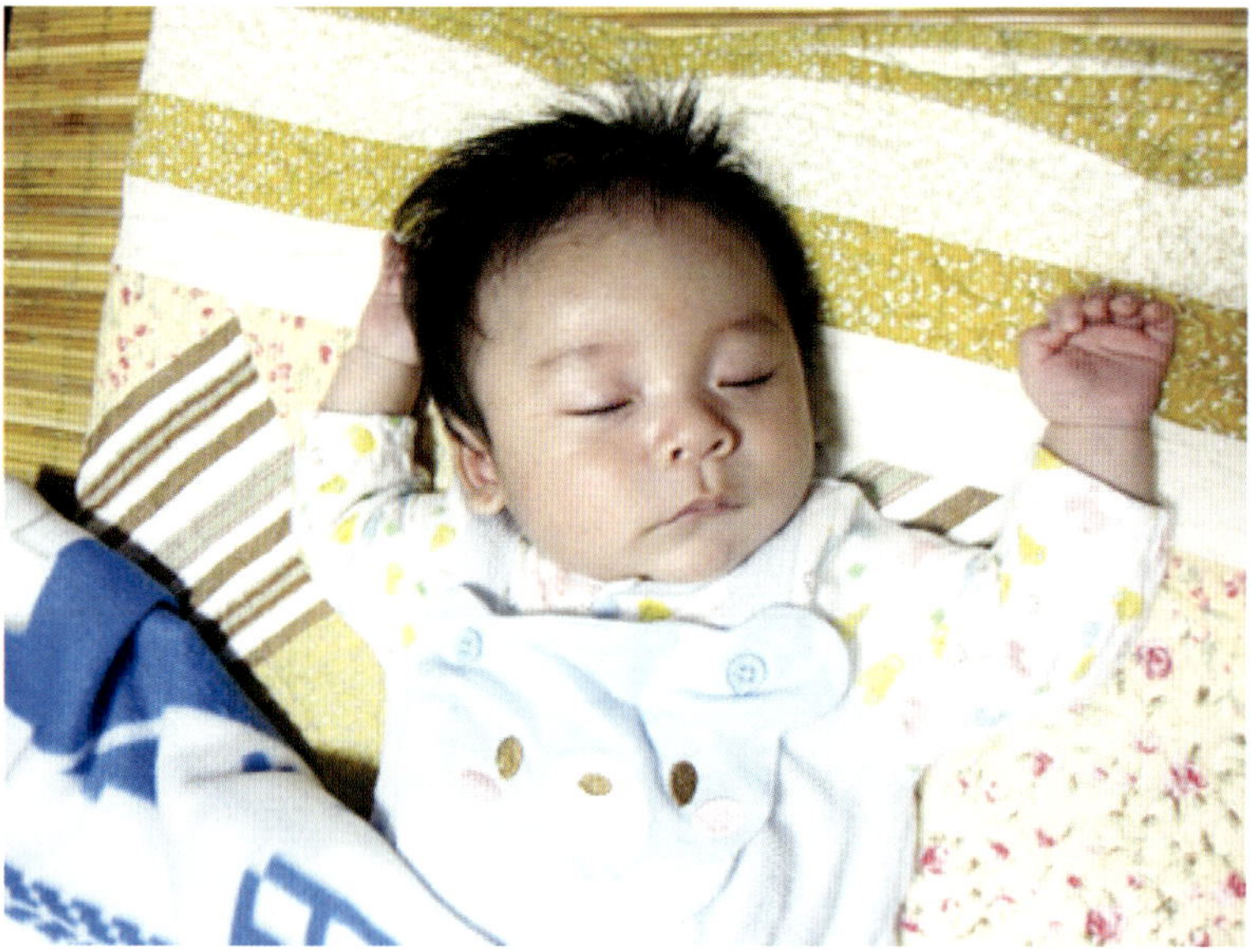

Ⅲ

寝てはならぬ

やすらかな眠りの只中で
何を夢見ているのだろうか
かけがえのない
おまえとの至福の時が続けばと願いながらも
私の杞憂は膨らんでいくばかりだ
曇る窓ガラスの外　風は灰色の雲を呼び寄せ
枝に留まる残り少ない枯れ葉を引き剥がし
すでに
季節は着実に長い冬の時代へ突き進み
太陽の光までもが
茶色の朝*に染め上げようとしている
だから　さあ早く　目を覚ませ
凍える朝がやって来るまえに　起きてくれ

＊茶色の朝／フランク・パヴロフの物語

歳を重ねて

歳を重ねていくことっていいものですね
昨日解らなかったことが今日解る
若い日に見過ごしたものに
ふと「あぁそうだったのか」と
膝を叩くことがある
振り返れば積み重ねた過ちも愛おしい

歳を重ねていくことっていいものですね
幸運にもいまだ五体満足
まだ見ぬ明日への望みが湧いてくる

青白い夜明けの町並みの彼方から
ほら　六五回目の春がやってきた

主夫の戯言

私は主夫をしている
掃除　洗濯　飯炊き　ゴミ出し
その主夫であることを快く引き受けている
掃除は簡単だ　洗濯も容易い
だが　おかず作りはそうはいかない
カロリー計算などクソッくらえ
どう旨い物を作るかそれだけだ

寒空の中　夜っぴいて帰ってくる女房に
「旨い」と言わせるために

ただ、それだけを楽しみに

なんでもあるこの国でないのは希望だけ
せめてテーブルの上に明日を見たい
料理つくりは男のほうがうまいんだという
うぬぼれだけが私を支えている

いのち繋がる早春

年が改まったからとて
然したる期待も持たず
寒々とした夕暮れ
ひとり冷酒を煽っている

振り返れば
声高に自慢できる生き方をしてきた証もなく
ただ　その日その日を無事にと願っただけの
倹しい歳月だったと思いながら
過ぎ去った日のページに

印を付けるかのように
窓の外
雨は夜道に線を引いていく

だが待てよ
この際　小賢しい思慮分別は無用にしよう

あの戦争を生き延びた親がいて
私は生かされてきたのだった
そして今
息子の嫁の膨らんでいる腹には
小さな命が躍動している
間違いなく引き継ぎが始まっている

そのことに気づいた時

まだまだ
私には残された仕事があったのだ

さあそろそろ　新しい作業に取りかかるとするか
ロシアの旅で買ったマトリョーシカ
これこそ
体内にこどもを宿した
若い母親の化身に違いない
「元気に生まれてこいよ」
一番小さなマトリョーシカに期待を込め
ふうっと息を吹きかけ　閉じ込めた

二〇一四年・年の初めに

不思議な生きもの

半年前にこの地上に現れた魔訶不思議な生きもの
人間の姿　形はしているのだが
言葉も話さず自分の足で歩こうともしない
たしか「猿から人間への労働の役割」とやらでは
人間は二足歩行で道具を発明するのと同時に
言葉を発明した　とあるから
どうやら　まだ人間の仲間ではないらしい

仕方なくこの生きものにこちらが歩調を合せ
オーとかウオーとか

怪獣の唸り声で交信を取ろうと躍起になるが
どうもこの相手には通じない
挙句の果て　フギャーと泣き出す始末

はてさて　困ったものだとオロオロするのは
間接だが責任者でもあるジジとババ
どうにもこうにも
この生きものが現れてからは
穏やかな生活リズムは掻き乱され
主であった居場所を明け渡すはめになり
今ではこの生きもの中心で我が家は廻っている

世間ではこの生きもののことを
「眼の中に入れても痛くない」と言うそうだが
たしかに眼の中にどころか

柔らかくモチモチした肌を
喰ってしまいたいような衝動に駆られるが
まあ　しばらくは静かに眺めていようか

今は解らないだろうが初孫　蒼一郎クン
生き辛い世の中だけど
おまえの人間としての成長を
いつまでも見守ってやろうじゃないか
ともかく
おまえの為なら何でもしてやろうと身構えるのが
当分　ジジとババの定めのようだ

一瞬の輝き

地下のトンネルを抜け
陽ざしのまぶしい地上に
列車は駆け上がった

わたしの横で
おとなしくしていた二歳ぐらいの女の子
急に奇声を上げ
手を振り回し　足をバタつかせた

一瞬

車内の空気を切り裂く
珍獣が迷い込んだような場面に

それまで心地よい振動に身を任せていた
向かい側の乗客たち
眼を伏せていた老人はぱっと見開き
眉間に皺をよせていた
スーツ姿の男の口元も緩みだした
主婦らしい女の目も笑顔で細くなっている

そうなんだ
きっとこの子には見えているのかもしれない
サツキやメイにトトロが見えたように
ガラス花瓶のような心でしか見えないものを
おとなたちがすでに見失ってしまったものを

確かにあったんだよ
わたしにもこんな頃が・・・・

そう思いながら
夏の浜辺に残したビーチサンダルの
小さな足あとを辿るように
つかの間
それぞれがそれぞれの
赤々と夕陽に彩られた風景の中へ
帰っている

小さな訪問者

蒸し暑さが残る真夏の夜明け
緑鮮やかなバッタの仲間だろうか
小さな訪問者
玄関の鉢植えに佇んでいる

よくぞ高層の九階まで飛んできたものだと
それを嬉々として眺める私がいる

唯じっと下界を見下ろし
さて　これから何処へ行くか

それとも此処に居続けるか
思案を巡らせているのだろうか
「いらっしゃいませ」とも言えず
ただ　静かに見守るしか術がない

奴は短い生をこの一夏で終えるはず
与えられたひと夏が一生涯

それにつけても
その日その日を惰性の日常に埋もれている
この私こそ籠の虫
生きるとは歳月の長さだけとは思ってはいないが
無益な時間だけが通り過ぎていく

此処に居ても何も始まらないと思ったのか

苦悶している私を尻目に
風を待ち続けていたのだ
奴はふいっと上空へ舞い上がった

つかの間の出会い
あの昆虫のように
きょうこそきっと
生きる大意が見つかるかもしれない

熱い陽ざしを浴びながら
私の短い夏の一日も
こうして始まろうとしている

時計仕掛けの人生を

二十一世紀型楢山節考

〽人間五十年
　下天の内をくらぶれば
　夢幻の如くなり
一度生を享け、滅せぬ者のあるべきか

炎の中で終焉を迎えたあの男
悔いは残っただろうが華麗な生き様だった
後には若い奴らの出番が目白押し
華の盛りに逝った者は幸せだ
若々しいその姿は

変わらずに記憶の中で生きている

世界一長寿の国だと
自慢していたのはいつのことだったか
今では高度高齢社会に成り果て
五〇〇万の痴呆老人で溢れるこの国
自分の食い物も排泄も
思いどおりにならないこの為体
長生きはするなと言わんばかりに
置き去りにされた医療の闇
削られていく年金
うそ寒い時代に引き戻そうとする為政者ども
長生きした所でいいことなどありゃしない

そろそろ世の中

人生時計が必要になってきたのかもしれない
「私は六十年でいいのよ」
「達者なワシは百年までいくぞ」
そうなんだ
人生の長さを決めるのは自分自身
時計仕掛けの人生があってもいいじゃないか
そう思いませんか

さてと　俺にもタイマーオフが近づいた
過ぎ去った輝く時代に背を向け
人生芝居の幕引き

あばよ！　と手を振る
その時がやってきた
　まだちょっぴり未練はあるけれどね

けもののように

二十年前から判っていたんだ
年金は六十になろうとも
満額支給されないだろうと
穏やかな老後などありはしないだろうと

だから　とことん生きてやる
くそ真面目だけが取り柄だった自分へ
唯一の褒美がわずかな年金
だから　誰よりもしぶとく生きてやる

元手の懸かったこの命
掛け金取り戻すまで
過労死で逝ってしまった友の
無念な思いも背負い
とことん生きてやる
けもののように爪をたて
口ばかり達者な年寄りと言われようが
とことん生きてやる

先の見えないこんな世の中残したままじゃ
こどもや孫どもに申し訳ない
少しはましな時代を見届けるまで
とことん生きてやる

この目で見　言うべきことは言い

けもののように眼をギラつかせ
生きて　生きて　生きまくってやる
齢《よわい》　六十五
未だ五体満足　医者要らず
とことんしぶとく生き抜いてやる

火を求め続けて

むやみに火をいじるなよ
火は神さんからの授かりもんじゃ

竈の前にしゃがむ幼い私の後ろから父はささやいた
もう　あの夕暮れのひと時は幻だったのだろうか
長い年月が過ぎ去り私はその意味を知ることになった

火は冷えた身体を温め　喰い物を与えてくれることを
火を使うことで人間が人間足らしめたことを
限りなく火を求め続けた果てに森を伐り尽くし

伐り尽くした禿山を眺めながら
居続けた土地を去らねばならない時が来たことも
太陽の火を盗もうとして焼かれた男の物語のことも

やがて知恵のある者が地中に燃える石を探しあて
蒸気に変え　大地を疾走したことも
その石さえ捨て
燃える水が何にでも化けるものだと知り
群れ集まったことも

もっと火を
もっと力のある火を
際限なく求め続けたあの大戦の最中
$E = mc^2$ の方程式が生み出した核の力
これこそ太陽に限りなく近づくものだと

永遠に燃やし続ける火に未来を託したことも
いずれこの核に焼き尽くされることを知りながら
禁断の火とゴミを持て余している
愚かな人間模様を知ってしまったことも
そしていつかこの業火に焼かれる日を待つ私がいる

むやみに火をいじるなよ

鬱蒼とした森の茂みから
憂いを秘めた父の声が
今でも聞こえてくるような気がする

生き支度

瀬戸内寂聴　九十三歳
『死に支度』の中に
ドナー年齢基準が記されていた
心臓　五十歳以下
肺　　七十歳以下
肝臓　七十歳以下
膵臓　六十歳以下
小腸　六十歳以下

この基準に従えば

六十七歳のわたしが献体で差し出せるものは
肺と肝臓である
だが待てよ
ヘビースモーカーの肺や
まして　大酒呑みの肝臓など
誰も欲しがりはしないだろう
心臓も膵臓も小腸もすでに賞味期限切れ
あぁ　どうしようもないこの為体

死ねば無だと思っている無宗教のわたしに
行きつける場所など
どこかにあるのだろうか
釈迦もキリストもムハンマドも
たぶん　受け入れてはくれないだろう

ならば
広大な宇宙のどこかに
終焉の地を探すしかないだろう

それまでどれだけの猶予があるのか
これからの生き支度を
せっせと考えてみるとしよう

オーッと
目の前に八十歳を超えた元気な詩人が
眼光鋭く　じぃっとわたしの所作を見つめている

Ⅳ

時空旅行

六十三年前
詩人は二十億光年の孤独のくしゃみで
身震いした

二〇一三年
私は百三十八億光年のあくびで
眼が覚めた

＊宇宙誕生の定説は、従来百三十七億光年であったが
二〇一三年、さらに一億光年遡ると変更された。

太郎・次郎・三郎物語

むかあぁしィ　昔
大阪にとても男前の
三人の若者がいました
その名前は
たろう　じろう　さぶろう
三人はそれぞれのサークル村で
詩を書いていました

そのうち
タローは東京へ出稼ぎに

サブローは西日本各地を転々と
真ん中のジローだけは大阪で留守番でした
その時から離ればなれになった三人
三十数年　音信が途絶えてしまいました

ある日　ひょんなことから消息が判り
再会を果たすことができました
太郎は埼玉で　次郎は大阪で　三郎は奈良で
今でも詩などというものを書いているそうナ
すでに三人共
足どりも覚束ない老人の仲間入り
それでも膝を突き合わせ語り始めると
逢わなかった日を埋めるように
あの頃の青い時代に戻っている

よかった　よかった
逢えて本当によかったよ

太郎＝鈴木太郎　次郎＝榊　次郎　三郎＝熊井三郎

我がふる里・大阪まち物語

俺にはふる里などと呼べるところはなかった
S字形に小川が流れ　雑木林があり
黄色い菜の花に戯れる蝶がいて
屏風のように緩やかな山が村を包んでいる
そんなテレビの風土記に出てきそうな風景など
生まれた時からありはしなかった

〈俺のふる里はなぁ〉などと語る人が羨ましい
あるのは街を切り裂いていく車の騒音
真夜中に喚く酔いどれのダミ声

言葉を交わすこともない隣人
ここが人間の住む所かヨーとぼやきながら
住み続ける無情砂漠
夕暮れどき
斜め前にある居酒屋へ出かける
その名も「ふる里」
ここで出会ったおっさんが目を細め
懐かしいふる里を語り始めた

「おいの田舎の家じゃ
　もう稲刈りはすんだ頃じゃ
　これから寒うなるけんね」
ぼそっとつぶやきながら
小刻みに震える手で酒を啜る
きっと頭の中では変わらない風景が見えているんだろう

適当に相槌を打ってはいたが
いつのまにか見たことのない風景の中に
包まれているような気がしてきた

ふる里を捨てた者と
ふる里を持たない者が出会う
雑踏が森であり　喧噪が川のささやき
それが My Old Home Osaka だ

鶴橋・大阪まち物語

鶴橋
電車の扉が開くと
ホルモンの匂いが辺りを包む

此処には粘りつく油の中に
俺の青春が染みついている
そして此処は
同胞たちが肩寄せ合う在日の異郷

過ぎ去った遠いあの日

梁　石日　血と骨のしがらみに抗い
金　時鐘　海峡の狭間で血の言葉を吐き
宗　秋月　ホルモンの煙の奥で微笑んでいた

路地裏にひしめくコリアン・タウン
ジャンジャン横丁の「新世界」と共に
今も変わることのない面影を残す町

夕暮れ迫れば群れてくる若い奴らでどの店もいっぱいだ
対座する相手も見えないほど立ちのぼる煙
大口開け　喰いながらの議論で騒がしい
その中に昔の俺に似た奴もいる

先の見えなかったあの日
デラシネの俺を優しく迎え入れ

痩せた狼だった腹を満たしてくれた
そこにはあしたが見えない
きょうの息遣いだけがあった

変わることで厚顔になった大阪で変わらない町よ
キムチと雑踏と泥河のすえた臭いの町よ
苦い青春の光と影とやすらぎを宿す町よ

鶴橋
したたかに生きる在日が
暮らしの坩堝の中から立ち上げた砦
おお　ここは紛れもないアジアの一角だ

天王寺・大阪まち物語

Tさんと Mさんと私と

激しく人の行き交う天王寺駅
初老の男たち三人　顔を合わせた
「ヨォ　久しぶり」
挨拶も早々に居酒屋へ

素面では言葉が出ないから
ビールや焼酎の力を借りることにした
一杯が二杯
二杯が三杯
飲むほどに薄れていた記憶が甦り

しゃべり続ければ若い日に戻っていく

昔の天王寺公園はよかったなぁ
公園へ入るのに金は取られへんかったし
釜ヶ崎から押し出してきた連中
ガンガン　ボリューム上げて
8トラのカラオケで賑やかやったなぁ
いつのまにこんな白々しい町になったんや

陽だまりにくるまれていた頃の思い出が
夏の浜辺に残した足跡のように浮かんでくる

なんちゅうても
ここは庶民の町でないといかん
そういうこっちゃ

なぁ　そう思うやろ

ほどよく酔いが背中を押し　ますます饒舌に
やがて記憶の砂穴を埋める作業が終わり
男たちは膝を打って立ち上がった

別れ際　振り向けば
いつもと変わらない通天閣の灯りが
夜空を照らしていた

半島へ続く道・大阪まち物語

みなと通り
わたしの住む目の前にあるこの道から
「朝鮮人は国へ帰れ」と
旭日旗を振り回し　がなり立てる声が聞こえる

創氏改名で日本人にされたことも
貧しかった時代の半島やチェジュ島を後に
大阪を目指した事情も知りもせず
日本人の代わりにこき使ったことも解りもせずに

みなと通り
この道は大阪港へと続く道
築港に横付けされた「君が代丸」から
両手に風呂敷包みを持ち　病弱のオモニを背負って来た道
同胞を頼りに猪飼野を目指して歩いた道

国へ帰る時　赤や黄や青
眼にも鮮やかなチマチョゴリの衣装で
この道を駆け抜けていった娘たち

鶴橋商店街の金のオバサン　ご無沙汰しています
「毎度《マイト》おおきにぃ」いつも元気な声で
キムチを大盛りにしてくれたね
韓流ブームで客は増えて儲かっていますか

桃谷の狭いホルモン焼きの店で
僕ら日本人と一緒に
「ミンナ　オナシ　ニンケン　ヨ」と言いながら
トラジやふるさとを歌った日から
もう四十六年経ちました

謂れのない差別の苦労は
その顔の皺に刻まれているが
決して僕らに泣き言を言わなかった
国の違いを超えて歌い踊った
あの日を今も忘れてはいない

それがどうだろう
小さな島を巡って
またぞろ　あのうそ寒い時代に

引き戻そうとする者たちがいる
いっそ爆破して沈めてしまえばいい

チェジュ島へ帰った　高さん
プサンへ戻った　李さん　元気でいますか
また　大阪へ来る折は
このみなと通りから疎開道路を通って
御幸橋の欄干から平野川を眺めてみませんか

大阪市港区　通称みなと通り
数えきれない喜びや悲しみを見つめてきた道
この道は今も半島へ続いている

＊大正十一年に大阪・築港〜済州島に定期船「君が代丸」が就航したことで東成区や生野区では済州島出身者が多く暮らしている。一八〇〇年前、日本書紀にも登場する渡来人の町「猪飼野」地名変更のため、「猪飼野」は現在ない。平野川の改修工事で多くの在日が駆り出され、その平野川に架かる橋が御幸橋であり、道はコリアンタウン（御幸通り商店街）へ続く。

■大阪弁であれこれ

チン電でゆく・大阪まち物語

近頃、天王寺駅前に背のたかぁ〜い日本一や、とか言うビルが建ったと聞いたんで久し振りに来んやけど、相変わらず時代から取り残されたような、阪堺鉄道のチン電が待ってますがな。外観は大阪らしいド派手な色の広告で飾っておますけど、中は昔のまんまや。天王寺さんから終点、堺の浜寺公園まで二百円。安いやおまへんか。急がん人にはもってこいの乗り物でんがな。まるで酔いたんぼの千鳥足みたいに車体を左右に揺らしながらのんびりと。新しモンの好きな大阪人だすけど、このレトロな電車でなつかし

～い昭和の風景を探しに出かけようやおまへんか。聞くところによると今年で創業百年の春を迎えたそうでんな。古の代から盤石な土地やった上町台地をほな、ぼちぼち行きまひょか。阿倍野駅を過ぎて、たしか松虫駅から歩いてすぐの所に、小野十三郎さんの家があったはずやが。しもた屋の小さい家でしたなぁ。ここから右へカーブすると秀吉さんゆかりの東天下茶屋駅。やっとさわがしい街並み離れて、民家の隙間を擦り抜けて行くと、なんやGパンのファスナーを開いていくようやおまへんか。何ぼか駅を過ぎると左手に石の鳥居が見えてきます。奥には朱色の太鼓橋。言わずと知れた住吉さんや。米朝さんの住吉駕籠、レコードでよう聞いたなぁ。ほてから又暫く行くと大和川。これを越えるともう堺や。紀州街道に沿うて進んで行きますと宿院駅。この付近の道添いに晶子はんの生まれた家の跡や利休さんの屋敷跡がありまんのや。ほてから五つほど駅を過ぎたら終点の浜寺公園。ここの駅舎は文化遺産やおまへんか。駅前から松林が見えまっせ。私のこどもん頃、入り口に白いヘルメットを被ったＭＰが立っておりましてなぁ。夏の熱～い盛りに、ようここへ泳ぎに来たもんや。入り口からほんの少し歩いたら砂浜の先が海やったのに。堺臨界工業地帯たらいう埋め立て工事で海が見えんようになってしもたけど、ここの松林も昔のまんまや。キタやミナミの盛り場よりのんびりできてええとこだっせ。長いこと来てない人もいっぺん来て見なはれ。天王寺駅前から浜寺公園駅までおおよそ十四キロ。ちょっとした、ちっちゃい旅気分になれまっせ。あ、それからこの阪堺電車、経営がしんどいのにしばらくは値上げせんらしい。いつまでもわてらの足でいててやぁ。ほなこれでおしまい。サイナラ。

■大阪弁であれこれ

なんでやネン

きのう買うたピンクの花
ニューギニア・インパチェンス
新しい土と一回り大きい鉢
たっぷり水やったのに
きょう　起きたら萎れてる
なんでやネン

けさ　スーパーで買うた
三百五十円の弁当

夕方になったら半値
まだ幕の内やゆうのに
なんでやネン

「喫煙はあなたにとって肺がんの
原因のひとつとなります」
なんでやネン
それやったら売ンなヨ

原発再稼働反対
カッコええ　市長さん
あんなに強気やったのに
「負けた」ゆうて賛成すんの
なんでやネン

なんでやネン
なんでやネン
なんでやネンゆうたら
なんでやネン

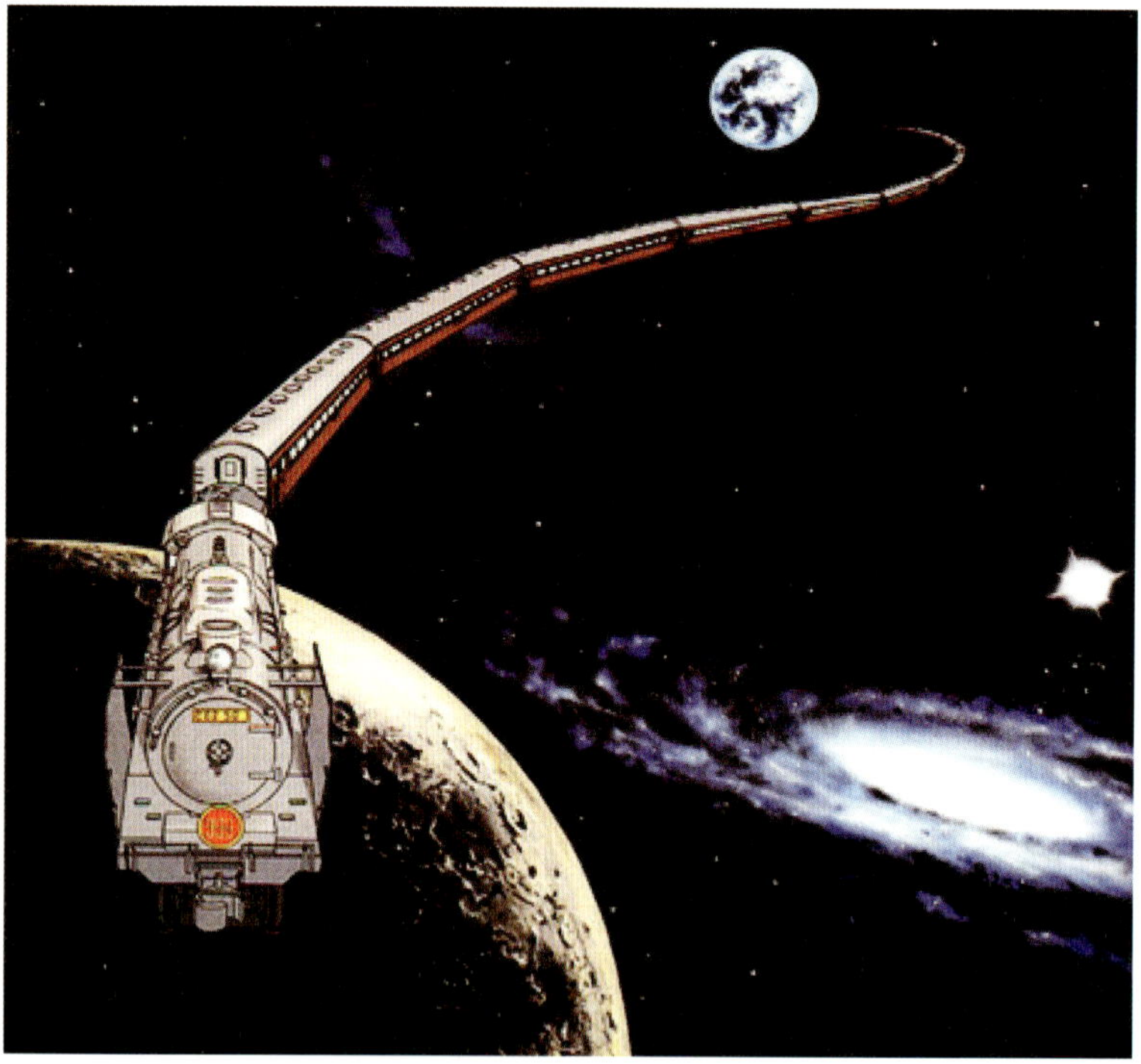

V

銀河鉄道のコールサック

やれやれ　やっと乗れた　おゃ
運転をしているのは賢治さんじゃありませんか
燃料をほうり込んでいるのは
助手のジョバンニとカンパネルラだね
わぁー　客席は満員だ
朔太郎さんに中也さんにランボーさんに
ボードレールさんにネルーダさんに光晴さんまで
それから名前の知らない人達でいっぱい
どうしてこんなにたくさんコールサックがあるの

あっ　そうか　この機関車
世界中の詩人たちのことばを燃料にしているのか
だからどこまでも果てしなく進んでいくんだ
いつか　ぼくの燃料も使ってくれないかなぁ〜
順番が来るのを待っているからね　きっとだよ

マンボウと出会った日

　これは今から十五年前、実際にあった出来事。記憶は今でも眼を瞑ると鮮やかに蘇ってくる。

　真夏のその日はどこまでも穏やかな海だった。高知県・安芸の沖合で鯵釣りをしていたその時、ベタ凪の遥か前方に、揺れる鰭を発見。「それ行けぇ」一目散に船を走らせそいつに接近。その獲物は可愛い目をして、慌てる俺たちを尻目にゆったりと泳いでいる。船頭は檄を飛ばす「モタモタすんな銛をブチ込め」釣竿をほっぽりだしたが、慌てて銛も海に落としてしまった。間髪入れず、またもや船頭は叫ぶ「いかんぜよ、ギャフ、ギャフで掛けィ」その獲物はマンボウだった。こいつには鮫のような歯がない。ギャフも外れる。「エエィ　目ん玉に掛けィ」格闘すること約三十分。やっと仕留めたこいつを船尾に回し、港を目指した。いち早く携帯電話で知らせを聞きつけた港は人集り。タタミ一畳もあるこいつはなんと重いんだ。人力ではどうしようもなく、ドッグのウインチで引き揚げることにした。解体すること二時間。俺は生まれて初めてこいつを口にした。身は酢味噌にすると帆立貝の味。長い腸は煮漬けるとホルモン焼きのミノの味。旨い。喰っていながらふと思った。俺にさえ見つからなければ、こいつは今も穏やかな太平洋の海原を優雅に泳いでいたはずなのに。あの夜からだった。天井の節目が奴の目玉のように見えて眠れない。カリブ沖で格闘した老人に取り憑いた充足と虚脱。性も根も尽き果て、深い眠りへ落ちていった至福の時間。髭面の釣り好きの作家が見た夢も、きっとこれに違いない。夢と現。殺戮と征服。混沌とした思いに取りつかれ、十五年経った今も、俺は浅い眠りに抱かれ、行方の定まらぬ浪間を漂っている。

いのちの水

悲鳴のような地球の軋み音が聞こえる

降り続ける雨は洪水となり
濁流は多くの命を飲み込み
降らねば飢餓が襲う　この厄介な水
太古から繰り広げられる営みと知りながら
どうすることもできず　ただ見つめているだけ

自然の流れに手を加え
枯れ果てた川底を眺めながら移動を繰り返し

彷徨い続けたその果てに
石油はなくても
人は水なしでは生きてはいけないと知るには
遅すぎた

ペットボトルに詰めた水を
水道水の一七〇〇倍の値で売りつける飲料メーカー
地下深く眠る帯水を
砂漠のラクダのようにいち早く嗅ぎつける奴ら
もう底が尽きはじめている

ナミビアの黄土で汲み上げる濁り水
その色は子どもたちの未来そのもの
チュニジアの街角　額に汗を滲ませ

私の後ろからワンダラー　ワンダラーと叫びながら
外国産のミネラルウォーターを売り歩く少年の声が
今も聞こえる

誰のものでもない水は国境を越えていくというのに
私の両手から溢れて滴り落ちる水
冷えた湧き水で喉を潤せるこの国に居ながら
叶わぬ思い

すべての生きものの生と死
世界を支配しているのはこの水かもしれない

秘密の中身

髪の毛が星屑のように煌めく妖精が囁いた
今夜の貴方とのこと
ひ
み
つ
嗚呼　なんとエロチック
耳元は甘い香りに包まれ
わたしはいつのまにか深い眠りに堕ちた
やがて目が覚め　白々とした朝を迎え

横でいびきをかいている女房を叩き起こし
妖精と交わした約束事を打ち明けると
「なに寝ぼけているの　バカバカしい」
しがにもかけない　そっけない返事だった

実はその妖精
首相官邸をねぐらにしているらしい
夜な夜な
首相　官房長官　外務省事務方が・・・・・を
菌王国やキムチ国や鼠国の
××のことや○○・・・・・・・・を
なぁ　おまえ　このことは誰にも言うんじゃないぞ

それから暫くして
友人たちの姿が

次々　消えてしまっていた

或る日
玄関のブザーを何度も押す音がして
慌ててドアを開けると
そこには濃紺のスーツをビシっときめた
男たちが立っていた

すると男のひとりは
内ポケットから取り出した紙を読み上げ
「公安警察の者です
貴方を逮捕します
秘密でもないことをあたかも事実の如く
世間に触れ回った罪で」

なんだ　なんだ
これは一体　どういうことなんだ
妖精よ
おまえは一体　誰の使いだったんだ

吉里吉里人からの進物

本日は御多忙な中
貴重な時間を賜りまして恐縮致しております
政府原子力関連官僚のみなさま方
東京電力会長様始め、幹部のみなさま方
ならびに原子力推進に邁進された化学者のみなさま方
私ども日頃　何不自由なく使っておりました機械や家電製品
これ一重に　みなさまの御尽力の賜物で御座います

そこで日頃の御努力と御厚情に感謝を込めて
本日持参致しましたのは

少しばかりサンプル程度　地場産の物で御座います

歳暮の季節も近づき
私どもが丹精込め　育て　収穫しました
放射線という栄養たっぷり含みました
野菜や米を持参致しました
完全にコントロールされていると言われています
汚染水の中で大きくなったこうして生きたままの魚も
おひとりさま2トントラック一車で
もし不足でございましたら
いつ何刻でもおっしゃってくださいませ
遠慮為さらずに
すぐさまお届けに参上致します

歳暮だけでは

御腹を満たすには不足で御座いましょう
盆暮れ　季節折々
どこよりも早くみなさま方に
むこう五年　十年　二十年
御届けさせて頂きます

いえいえ　決して
私どもに他意や下心は毛頭御座いません
そちらさまへお返ししたいものは
日頃　聞きなれない
シーベルト　ベクレル　α　β　γとか申します
眼に見えもせず触ることもできない
唯　それだけのもので御座います
丹精込めて収穫した物を包みもせず
失礼と存じますがこれからも贈らせて頂きます

本日は貴重な御時間を割いて頂き
誠に恐縮しております
それではこれにて失礼をば致します

海峡のはざまで

微かに甘さを秘めた
生暖かい五月の風に包まれ
今　波静かな玄界灘を越える
やがて見えてくるだろう
靄の先のプサン港

思い返せば
この埠頭には洗い流すこともできない
悲涙の沁みが
こびりついている

手配師に騙され
炭鉱に送られた息子
アイゴーの叫びで見送ったオモニ
皹割れた掌から
滴り落ちる惜別の雫

喰うに喰えず
風呂敷包みひとつ
言葉も解らない
異国日本を目指した
白いチマチョゴリの少女
その赤い頬に筋を引きながら
落ちてゆく哀惜の雫

にやけた口元に
不気味な笑いを秘めた日本鬼兵
無残に蹂躙された女たち
その目の奥で
燃え続ける恨の炎

ああ
海を渡る俺の前に
それら過ぎた日の残像が
蜘蛛に絡めとられた蛾のように纏わり付く

言葉を奪われ
名を奪われた屈辱を
推し量ることができなかったのは俺だけか

遠い日
海峡を渡ってきた百済や新羅の血
列島に注がれたことも忘れ
土足で半島を踏み荒してきた父たちを
許してくれなどとは言えない

足を踏み入れるおまえ
禊ぎは済ませてきたか
戦争を知らない子どもだったと言い訳するな
在日に侮蔑の視線を投げはしなかったか
昔から恩ある人に
足を向けて寝るなという諺がある
おまえ　半島に足を向けて眠るな

通り過ぎていく風の中に

それら怨嗟の声が舞い上がり
加害の末裔を打ち据えるように
絡みついて離れない

チョンリマで駆け巡る
北の幻想は遥か遠くに過ぎ去り
男か女か
見分けのつかない韓流の波は
易々と海を越えてくるというのに

それでも
異界の波は高く
行く手を阻み
俺はまだ半島に
辿り

着けない

見える死と見えない死

唸りを上げて襲う津波や土砂崩れ
一瞬に引き起こされた死の前で
生き残った者は為す術を持たなかった

そこでは
数分前の穏やかな生き様が見えていた
無念だろう　悔しいだろうと
多くの哀悼の言葉が送られる
見える死だった

振り向けば
死の崖をさまよう人影が忍び寄る

毎年知らされる自死という名の見えない死
声をかければ
手を差し出せば
思い留めることのできる死
それを年中行事のように受け入れている私がいる

セリフを忘れた役者を覆い隠す幕のように
数字だけのそれ以上
死者の世界に立ち入ろうとしないこの国と
投げかける言葉を持たない私がいる

鎮魂の祈りすら

捧げられることのない
果てしなく続く見えない死

その見えない死が引き起こされる前に
私もフランクルのように
〈それでも人生にイエス〉と言えるだろうか

気分に流されやすい私も
人生に降参しかけた私も
時代から取り残されつつある私も
のべつおのれの不運を意識せずにおれない私も
辛うじて立っている

そんな私でも深い闇の底の
声にならない声に

耳を傾けることができるだろうか
頭うな垂れ　屈む人影に向かい
私にも言える資格があるだろうか

〈何かが　あなたを待っている
誰かが　あなたを待っている
たとえ今　あなたが人生の絶望の淵にいるとしても
どんな時も　人生には　意味がある〉と

＊ヴィクトール・E・フランクル
心理学者の強制収容所体験の記録『夜と霧』の著者

新しい記憶の場所へ

桜はもともと美しいものではなかった
古来より多くの人々が語り
桜が美しいという歌に
それをわれわれが知っているから
美しいと感じることができる

古色に包まれた仏像に引き寄せられるのは
数百年　その仏像に
ただ無心に祈るしかすべのない
多くの手を合わす姿が写り込み

仏像は威厳を放っている

旅先で見たドレスデンの町並み
壊滅的破壊を受けてもなお
復興を願う熱い思いが
ジグソーパズルのように蘇り
中世の元の姿を取り戻し歴史への労りが漂う

遠く離れた南の島に住む友を思い浮かべる時
逢わなかった時間を埋めるように
思いはいつも私の心の中でたゆたう
もう島では冬のホタル*が飛んでいる頃だろう

出かけよう　逢いに行こう
映像や写真や文章ではなく

現地に赴くこと　出逢うこと
そこでしか感じることのできない
揺らめく風の匂いや目を捉えて離さない色彩

そこではきっと時間と空間を超えた佇まいが
優しく両手を広げ　私を迎えてくれるだろう
たとえその先に見えてくるものが
記憶の墓標であったとしても
ここから新しい記憶の階段を上り
私の覚束ない旅はまた始まる

＊冬のホタル＝オオシママドホタル　石垣島に生息

非望

荒涼とした更地に
砂塵を巻き上げ
何事もなかったかのように
風は胸の中を吹き抜けていく

張り裂けんばかりの悲しみを
忘れようとして忘れられず
忘れてはならない思いが
また　行く手を阻む

悲しみと怒りに震えるこぶしは
行き場を失い
伝えきれなかった言葉は
空しく彷徨う

ああ　汚染された町や村には戻れない

なぜ三月
なぜ東北
暗く寂しい夜明けの地平に
明日の陽は昇ってくるのか

わたしは行く
ざわめく海鳴りを聞きながら
鎮魂の歌に送られ

沈黙の盛土を越えて

わたしは行く
罅割れた修羅の季節を潜り抜け
遠く遥かなその先に
信じて疑わない
非望の光　求めて
思いは曠野を駆け巡る

離島のいきさつ

息子の部屋から
三線《さんしん》を爪弾く音が漏れてくる
安里屋ユンタ
その音色はたどたどしいだけに
なおさら郷愁を誘う

楽しかった思い出を
重ね合わせているのだろう
何度もダイビングで訪れた沖縄《しま》を
久米　宮古　石垣

行くたびに呑ん兵衛の親父に似てくる
みやげはいつも泡盛の古酒

沖縄《しま》を恋しがるとき
いつも隣り町　大正区泉尾へ出かけていく

なあ　大輔よ
もうみやげはいいから
観光ではなく
本当の沖縄《しま》を知ってほしい
身近な大正区に
なぜ　泉尾に
多くの沖縄《しま》の者がいるのか
なぜ　大阪に居ついたまま
帰ろうとしないのか

パスポートのいるあの時代
オジィーやオバァーを置き去りに
沖縄《しま》を離れた
その辛いいきさつ
　朝鮮人・沖縄人お断り
と言われても居続けた
あの時代のことを
シマンチューの心の奥を
覗いて見てくれないか

すべてはそこからでしか
沖縄《おきなわ》は見えてこないから

出立

怒りの波に揺られ
わたしは行かねばならない

一度も解放されなかった土地へ
爆音と理不尽な暴力が覆う町へ
幾多の骸が埋もれている砂糖黍畑へ

心臓を駆け巡る血の鼓動を
獣のような命に束ね
わたしは行かねばならない

見えない掟に縛られた島の抗いと
屈辱の意思を噛み殺している人々の中へ

わたしは行く

ざわめく風の音に背を押され
島の苦渋に背を向けていた
怠慢の許しを請うために
もう一度　荒波に身を曝し
わたし自身の揺らぐことのない
決意を確かめるために
九条《へいわ》の礎業を鮮明にする戦いの渦の中へ

声高に

そして静かに総意を突き付ける
　島をかえせ
　基地よ去れ
いのちの地平を見つめる旅立ちへ
ギリッ　ギリッと
いま靴紐を締め上げる

あとがき

私と詩との出会いは十代後半から、その当時盛んであったサークル活動の中に詩のグループがあり、それに参加したのが始まりでした。二十代は、大阪詩人会議との出会いがあり、会の詩誌「軸」の編集にも携わることになりました。

やがて時代は主婦たちがトイレット・ペーパーを買い求める、狂乱の第一次オイル・ショックの煽りで紙が高騰。貧しかった若者たちには詩誌を出していくことが困難になり、朗読会という、直接的な方法で発表するという考えを打ち出し、故河野里子、故片山　礼、故水口洋治、故犬塚昭夫、瀬野としさんらと「詩を朗読する詩人の会・風」を立ち上げ、毎月一回、喫茶店を借りて行いました。その情熱は今も世話人が変わる中でも引き継がれ、二〇一四年には四〇周年を迎えることができました。

私自身はその後、企業戦士の中に組み込まれる日常に埋没し、詩運動から疎遠になっていきました。三五年間、営業や管理畑で明け暮れ、いつのまにか定年を迎えることになり、はたとこれからの行く末を思った時、もう一度、詩の世界に立ち返ろうと思い立ち、大阪詩人会議へ復帰いたしました。長い空白の後の私を、仲間たちは暖かく迎えてくれました。また、全国詩誌である「詩人会議」の会員にもなりました。今は大阪詩人会議の詩誌「軸」の編集をさせていただいております。三〇数年間、一篇の詩も書かず、再出発です。

いまだ、自身の創作の方向性も確立していないにも関わらず、ここ数年間に発表した拙い作品の数々ですが、忌憚のない批評をいただければと思っております。

二〇一五年　一月　二十日

榊　次郎

榊 次郎（さかき・じろう）

1947年大阪府生まれ
所属　詩人会議運営委員
　　　関西詩人協会運営委員
　　　大阪詩人会議編集長

1968年　第1詩集『20年とはたち』私家版
1975年　第2詩集『未完・愛のメッセージ』同時代社
2015年　第3詩集『新しい記憶の場所へ』竹林館

現住所　〒552-0012　大阪市港区市岡1丁目4番26号　ユニハイム市岡901
　　　　pc　address：nanohana114@baycom.zaq.ne.jp

詩集　新しい記憶の場所へ

2015年3月1日　第1刷発行

著　者　榊 次郎
発行人　左子真由美
発行所　㈱ 竹林館
　　　　〒530-0044　大阪市北区東天満2-9-4　千代田ビル東館7階FG
　　　　Tel　06-4801-6111　Fax　06-4801-6112
　　　　郵便振替　00980-9-44593　URL http://www.chikurinkan.co.jp
印刷・製本　㈱ 国際印刷出版研究所
　　　　〒551-0002　大阪市大正区三軒家東3-11-34

ISBN978-4-86000-298-5　C0092